SUPERHOMBRE MOSCA

Tedd Arnold

SCHOLASTIC INC.

New York   Toronto   London   Auckland
Sydney   Mexico City   New Delhi   Hong Kong

Al pequeño Tate William
—T.A.

Originally published in English as *Super Fly Guy*

ISBN 978-0-545-24189-2

12 11 10 9 8 7 6 5 4 3 2 1   10 11 12 13 14 15/0

Printed in the U.S.A.   40

First Spanish printing, September 2010

Un niño tenía una mosca de mascota.
La mosca se llamaba Hombre Mosca.
Hombre Mosca podía decir el apodo
del niño:

Capítulo 1

Un día, Hombre Mosca fue a la escuela con Buzz.

Hombre Mosca aprendió a leer
y a pronunciar algunas palabras.

Aprendió a pintar.

Después llegó la hora del almuerzo.
A Hombre Mosca le encantó el
comedor.

Le encantaron los platos sucios.

Le encantó el trapeador apestoso.

Le encantó el bote de basura.

Hombre Mosca conoció a la
encargada. Se llamaba Rosa.

—¡Nada de moscas en el comedor!

—dijo Rosa.

Hombre Mosca dijo:

—Esta mosca es muy lista —dijo
Rosa—. Sabe mi nombre.

Le dio de comer sobras de pollo y
pescado en crema de leche.
Hombre Mosca estaba contento.

Capítulo 2

El jefe de Rosa se enojó.

—¡Los niños no pueden comer en un comedor lleno de moscas! —dijo—. ¡Estás despedida!

Rosa estaba triste. Hombre Mosca estaba triste. Buzz y los otros niños estaban tristes porque Rosa era una buena cocinera.

Al día siguiente, Rosa no volvió.
La nueva encargada se llamaba Ceci.

Ceci quemó las verduras en el almuerzo. Ningún estudiante almorzó. Ni siquiera Hombre Mosca, que podía comer casi cualquier cosa.

Todos extrañaban a Rosa.

Hasta el jefe extrañaba a Rosa.

Esa noche, Buzz tuvo una idea.

Capítulo 3

Al día siguiente, Hombre Mosca volvió a la escuela. Entró en el comedor y dijo:

¡ZZEEZZIII!

Ceci abrió los ojos.

Hombre Mosca se estrelló contra su nariz.

Ceci gritó:

—¡Nada de moscas en mi comedor!

Sacó su matamoscas e intentó pegarle
a Hombre Mosca. Pero falló.

Volvió a fallar.

Volvió a fallar.

24

Volvió a fallar.

Volvió a fallar.

El jefe se enojó.

—¡Los niños no pueden comer en medio de este desorden! —dijo—. ¡Estás despedida!

Al día siguiente, Rosa volvió.

—¡Eres un Superhombre Mosca!

Rosa hizo una sopa especial con basura para Superhombre Mosca.

Hombre Mosca estaba contento.

Todos estaban muy contentos.